Yf 1552

LES CARACTERES DE LA COMEDIE DU PHILOSOPHE MARIÉ.

p.
Y. 5822.
B.

A PARIS, QUAY DES AUGUSTINS,

Chez CHAUBERT, du côté du Pont Saint Michel, à la Renommée, & à la Prudence.
la Veuve GUILLAUME, au coin du Pont Saint Michel.

M. DCC. XXVII.

Avec Approbation, & Permission.

LES CARACTERES DE LA COMEDIE DU PHILOSOPHE MARIÉ.

LE Public sera-t'il toûjours en contradiction avec lui-même, & ne cessera-t'il point de mépriser à la lecture les Pieces qu'il a goûtées à la représentation? Les Ouvrages de Corneille, de Racine & de Moliere n'ont point eû de pareils revers; loin que l'impression les ait rabaissez, elle en a fait mieux connoître le prix. On se plaît d'avantage à lire RODOGUNE, PHEDRE, & LE MISANTROPE, qu'à les voir représenter. Faut-il que nos Pieces Modernes ne puissent avoir le même sort, qu'elles n'aïent d'ordinaire qu'un succès passager, & que la réüssite la plus éclatante soit presque toûjours suivie de la chute la plus honteuse? Il n'est point étonnant qu'INE'S DE CASTRO, &

PYRRHUS après avoir brillé sur le Théatre, aïent paru des Ouvrages assez mauvais sur le papier. Il y avoit quelque lieu d'esperer que le PHILOSOPHE MARIE', qui est bien écrit, auroit une destinée plus heureuse: mais la Piece est construite de telle maniere, & la plûpart des Caracteres en sont si faux, que pour peu qu'on ait de discernement & de goût, on se sent forcé de secoüer aussi souvent la tête en lisant, qu'on avoit été prompt à battre des mains lorsqu'on la representoit. O qu'il est bien vrai que la coupelle, par rapport aux Pieces de Théatre, est l'impression !

J'ai dit que la Comédie du PHILOSOPHE MARIE' étoit bien écrite; effectivement, on n'y trouve point de ce jargon que quelques Originaux s'efforcent d'accréditer: on n'y voit point de figures bisarres, point de mots forgez, point de pensées sophistiques, point d'antitheses écolieres. L'esprit n'y est point fatigué par une Morale alambiquée, ni par une Métaphisique assommante. Dans cet Ouvrage rien de bas, rien de guindé: l'esprit y brille sans affectation.

Mais le caractere des Personnages en est extrêmement défectueux; c'est ce que je me propose de faire voir en détail. Je me flatte que Monsieur Destouches ne sera point offensé de cet éxamen. Le Parnasse est un Païs de franchise, & la liberté est le trésor le plus précieux de la République des Lettres. Je serai fort court, persuadé que les longues discussions sur de pareilles matieres sont ennüieuses. Il ne s'agit d'ailleurs que de donner au Public des idées claires, & de lui exposer avec ordre & avec netteté ce qu'il a lui-même aperçû confusément, depuis que la Comédie, dont il s'agit, est imprimée.

Ariste le premier Acteur de la Piece, qu'on nous donne pour un Philosophe, ne l'est point du tout, & on en doit convenir, soit qu'on considere les principes qu'il a dans l'esprit, soit qu'on examine les sentimens qu'il a dans le cœur. Voïons dabord ses principes.

Il regarde le Mariage comme une chose ridicule & capable de le déshonorer. Quelle Philosophie! N'est-ce pas là plûtôt un travers d'esprit & une véritable foiblesse? Il en convient lui-même, puisqu'il dit Acte I. Scene II.

Entre nous, ma foiblesse
Est de rougir d'un titre & venerable & doux,
D'un titre autorisé, du beau titre d'époux,
Qui me fait tressaillir lorsque je l'articule,
Et que les mœurs du temps ont rendu ridicule.
Ce motif, je le sens, n'est pas des plus sensez;

Assûrément ce motif est très peu sensé.

Comment donc Ariste se donne-t'il pour Philosophe ? On dit que Socrate & Platon n'aprouvoient point le Mariage, parce qu'ils vouloient que tous les biens fussent communs entre les hommes. Bâtiste Mantoüan, Général des Carmes, & Poëte du quinziéme Siécle, a aussi parû enseigner cette Morale corrompuë. Fâché que les Femmes ne soient pas communes, il dit dans une de ses Eglogues, que c'est l'envie & la cupidité qui ont introduit la coûtume de se lier par le Mariage. Que cette coûtume a passé en Loi, & que cette Loi n'est qu'une folie.

Qui non communicat usum
Conjugis, invidus est.
Hunc morem fecit dementia legem.

Il est vrai que c'est un Berger qui parle ainsi dans une Eglogue, & qu'il est à croire que le Religieux Auteur, n'adoptoit point cette maxime hardie & licencieuse. Quoiqu'il en soit, convenons que Monsieur Destouches a eû grand tort de donner le titre de PHILOSOPHE à un Homme qui pense comme un jeune débauché, ou comme un vieux libertin, au sujet du mariage. Au reste, je suis fort éloigné de croire qu'il ait eû en vûë de faire valoir le Platonisme par rapport aux Femmes. Cependant Ariſte regarde le Mariage comme un état honteux, *& que les mœurs du temps ont rendu ridicule.* Quelle ſuppoſition! *les mœurs du temps!* c'eſt-à-dire les mœurs dépravées de quelques hommes, qui trouvent des charmes dans la ſéduiſante liberté du célibat. Je ſçais qu'on peut füir le Mariage par Philoſophie : mais on ne ſçauroit par Philoſophie le trouver honteux & ridicule, & Mélite a bien raiſon de dire à Ariſte ſon Mari :

Doit-on rougir des nœuds du Mariage ?

Pour excuſer Ariſte & lui conſerver le titre de Philoſophe, Monſieur Deſtouches lui donne un puiſſant motif de cette honte qu'il a du mariage. Quel eſt ce puiſſant motif ? Ce ſont les railleries qu'Ariſte a faites juſqu'ici, au ſujet de ceux qui ſe marient : nôtre Philoſophe craint qu'on ne les lui rende, ſi l'on vient à ſçavoir qu'il eſt marié lui-même. Mais s'il eſt véritablement Philoſophe, a-t'il pû faire ces railleries autrement que d'un certain ton ? S'il a badiné ſur le mariage des autres, n'a-t'on pas dû regarder cela dans le monde, comme on regarde des plaiſanteries qui ne ſignifient rien ? Où eſt donc, je ne dis pas la Philoſophie, mais le ſens commun d'Ariſte, de prendre aujourdhui ſerieuſement ce qu'il n'a pû débiter autrefois que pour rire, & de regarder comme un véritable affront l'occasion d'être à son tour l'objet d'un innocent badinage ? car il ne s'agit de rien plus.

Mais je veux qu'il s'agisse de quelque chose de plus serieux & de plus important, & que le Mariage d'Ariste découvert puisse l'exposer en effet à des discours très piquans. En verité est-ce là un motif digne de gêner un Philosophe ? Le mépris des opinions du monde & des discours du Public, n'est-il pas un des premiers principes de la vraïe Philosophie ? Le Marquis du Lauret, quoique ce ne soit qu'un nigaud, est sur cet article bien plus sensé qu'Ariste. Lorsque celui-ci, par rapport au mariage du Marquis, lui dit :

On se rira de vous, & moi tout le premier.

Le Marquis lui répond bravement :

Je suis homme à rire effrontement
Avec ceux qui riront de cet évenement.

Voilà prendre son parti en homme sage & en vrai Philosophe ; mais pour Ariste c'est un esprit foible, un homme sans courage & sans résolution, un imbécile que la crainte & le préjugé dominent. En verité il me fait pitié, lorsque je lui entends dire, Acte IV. Scene IV.

Ce n'eſt pas mon Oncle que je crains,
C'eſt le Public : c'eſt lui pour qui je me contrains.

Se contraindre pour le Public! Quelle ſottiſe! Liſimon ſon Pere lui dit dans cette même Scene :

Pourquoi de votre hymen êtes-vous donc honteux?

Ariſte lui répond :

Pourquoi? c'eſt qu'il me donne un ridicule affreux.
Tous ceux que j'ai raillez, vont railler ſur mon compte.
J'apprehende, ſur tout, un Marquis du Lauret,
Railleur impitoïable,...

Pitoïable Philoſophe, pauvre eſprit, vous craignez d'être raillé ſur une pareille bagatelle. Céliante, oüi la folle, la capricieuſe Céliante, eſt plus raiſonnable & plus Philoſophe que vous, & je vous dis avec elle, Acte IV. Scene VI.

Voïez le grand malheur, quand on vous raillera.

Mais pour éviter ce grand malheur que vous redoutez, quel parti prenez-vous, grand Philoſophe? Le parti le plus ridicule & le moins ſenſé, que vous puſſiez prendre.

Premierement vous vous êtes marié contre vos propres principes : premiere ſottiſe, mais sottise pardonnable à un Philosophe, qui est homme comme un autre. En second lieu, vous confiez votre secret, non-seulement à vôtre Femme, (cela étoit indispensable) mais encore à sa Sœur qui est une extravagante, & à la Suivante Finette, qui est une fille également indiscrete & impertinente. En troisiéme lieu, vous exposez témérairement l'honneur de Mélite votre Femme, & vous risquez de faire parler le monde d'une étrange maniere ; en ce que vous demeurez dans la même Maison que cette Mélite, qu'elle vous vient voir seule dans votre Appartement, & que tous les Domestiques de la Maison sçavent, à n'en point douter, que vous couchez toutes les nuits avec elle, comme Picard votre Valet le fait bien sentir au cinquiéme Acte. En verité, Ariste, vous avez bien peu de conduite pour un grand Philosophe : Comment n'enragez-vous pas de ces paroles que vous adresse le Marquis du Lauret, Acte IV. Scene IX ?

Vous, par exemple, vous, dont la veine comique
Aux dépens du beau Sexe a paru si caustique,
Ne conviendrez-vous pas, si par quelque retour
Vous vous avisiez... là... de prendre femme un jour,
Et que vous voulussiez cacher ce mariage,
Que vous joüriez alors un fort sot personnage ?

A cela

A cela je réponds avec vous même :

Ah ! trés-sot en effet . . .

Eh bien le voilà découvert ce Mariage sottement caché : Quelle est votre ressource ? Quel parti prenez-vous ? Celui de füir & de vous dérober désormais à la vûë des Hommes ; mais vous dit Damon :

Quelle étrange foiblesse !
Que dira-t'on de vous ?

A quoi vous répondez :

Tout ce que l'on voudra.

C'est bien dit : vous jettez alors les yeux sur les anciens Philosophes, sur les Stoïciens qui bravoient la douleur & méprisoient l'opinion des Hommes. On croit que, comme Philosophe, vous allez les imiter ; mais point du tout : vous ne vous piquez pas d'émulation, (Acte V. Scene premiere.)

Les plus sanglans affronts, les plus cruels mépris
Ne pouvoient un instant ébranler leurs esprits ;
Immobiles rochers ils défioient l'orage.
J'admire leur éxemple, & n'ai pas leur courage.

Votre résolution est-elle fondée sur une bonne raison ? Voïons, & jugeons de la solidité de vos Principes philosophiques. Vous ne pouvez, dites-vous, vous calmer:

Eh comment me calmer au fort de ma disgrace ?
Je voudrois qu'un instant vous fussiez à ma place,
En butte à mille affronts pires que le trépas,
Un front à triple airain ne les soûtiendroit pas.
A peine quelques gens sçavent mon Mariage,
Qu'au même instant sur moi je vois fondre un orage,
Un déluge d'Ecrits, tant en Prose qu'en Vers,
Qui vont à mes dépens réjoüir l'Univers.

Eh mondieu, vous voilà bien à plaindre. Les Vers & les Chansons, quand ils ne roulent que sur de pareilles bagatelles, ont-ils jamais fait tort à un honnête homme ? Je vous dis avec votre Ami Damon :

Pour parer tous ces traits, soïez ferme & tranquile,
C'est le meilleur parti.

C'est celui que vous prendriez, si vous aviez quelque legere teinture de la Philosophie ; mais vous n'en avez pas les premiers élémens, vous raisonnez comme le Peuple, & vous vous dites Philosophe, sans en avoir le moindre trait.

Examinons à present si Ariste qui raisonne si mal par rapport à sa propre conduite, & qui a si peu d'élévation & de Philosophie dans l'esprit, en a un peu plus dans le cœur. Il me semble qu'il aime les richesses, & qu'il a de l'ambition. Oh assûrément cela ne va point bien à un Philosophe. J'avouë que si on ajoûte foi à quelques-unes de ses paroſes on le prendra pour un homme très-déſinterreſſé & très détaché des biens de la terre.

Un treſor de vertus eſt le ſeul où j'aſpire,
Et mon cœur pour l'avoir céderoit un Empire.

Mais cette ame grande ſe dément, & ſe trahit en d'autres endroits.

Je veux encore un temps cacher mon Mariage,
Pour n'être point privé de la ſucceſſion
D'un Oncle, dont le bien fait mon ambition.

En verité cela eſt ſcandaleux, & tout-à-fait indécent dans la bouche d'un Philoſophe, & rien ne le fait mieux ſentir que la replique malicieuſe de Finette.

Quoi! vous ambitieux! Je vois qu'un Philoſophe
Eſt fait comme un autre homme & de la même étoffe.
Et qu'avez-vous donc fait de ces beaux ſentimens,
Que vous nous étaliez, Monſieur, à tous momens?

C'eſt en vain qu'Ariſte ſe battant en retraite, lui répond:

Tu te trompes. Je ſuis dans les mêmes maximes;
Mais je ſçais leur donner des bornes légitimes;
Et je ſerois maudit un jour par mes Enfans,
Si j'étois Philoſophe à leurs propres dépens.
Il ne faut rien outrer quand on veut être ſage.
Je dois leur ménager un puiſſant héritage.

Voilà l'excuſe ordinaire de ceux que l'ambition dévore, & dont la ſoif des richesses est la plus démesurée ; ils veulent, disent-ils, faire fortune & s'agrandir, pour établir leur Famille. Si cette raison est légitime, & est digne d'un Philosophe, adieu la Morale sur le mépris des biens & des honneurs. Je sçai que quand on peut en acquerir par des voïes légitimes, afin de mettre ses Enfans à leur aise, on n'est point repréhensible ; mais de se gêner pour cela & de sacrifier sa liberté à l'esperance d'une succession, dans la vûë d'enrichir sa posterité, je soutiens que ce motif est très vulgaire, & ne convient point à un homme qui se donne pour Philosophe. Ce qu'il y a de particulier ici, c'est que ces Enfans ne sont encore qu'en idée, comme Finette le remarque.

Ce motif est loüable, il faut vous y tenir.
Mais, Messieurs vos Enfans sont encore à venir.
Peut-être viendront-ils. Cependant...

ARISTE.

Quoi?

FINETTE.

J'augure
Que vous n'aurez jamais grande progéniture.

ARISTE.

Mais je n'ai pas trente ans ; à mon âge je crois...

FINETTE.

On dit qu'on n'a jamais tous les dons à la fois,

Et que les grands esprits, d'ailleurs très estimables,
Ont fort peu de talens pour former leurs semblables.

Cette conversation est fort jolie ; mais sied-elle bien à notre Philosophe ? Il faut avoüer que sa Philosophie est un peu familiere. Les esprits élevez d'ordinaire ne s'abaissent pas ainsi à raisonner & à plaisanter avec des Domestiques. Mais ce qu'il fait ensuite me donne encore plus une idée basse de son caractere. Il va jusqu'à offrir de l'argent à cette Suivante, pour l'engager à se taire sur son Mariage avec Mélite. Quelle conduite! Quelle foiblesse! N'est-ce pas là avoüer sa dépendance, sa crainte, ses inquiétudes ? Est-ce donc là être Philosophe ?

Il est à propos de remarquer ici qu'Ariste, qui n'est point du tout Philosophe, comme je le démontre, devoit pourtant l'être nécessairement, & qu'en lui ôtant cette qualité, il n'a plus de caractere dans la Piece. C'est, à la verité, *le Mari honteux de l'être* : Mais je demande pourquoi ce Mari est tel ? & on est obligé de me répondre ; c'est parce qu'il est Philosophe. Cette objection est sans replique.

Pour achever de dire ce que je pense sur le caractere d'Ariste, je ne puis omettre la premiere Scene du premier Acte, où je trouve qu'il ne parle point du tout en Philosophe, mais comme un petit esprit content de lui-même. Les Muses *viennent le caresser.* Il se sçait bon gré de *badiner* avec elles, & de n'avoir point *l'air farouche & sauvage*, c'est à dire qu'il se croit un homme aimable; puis il ajoûte :

J'ai mille Courtisans rangez autour de moi :
Ma retraite est mon Louvre, & j'y commande en Roi.

Des Livres qui font la Cour! Quelle idée! D'ailleurs il n'est point d'homme logé à un sixiéme étage, qui ne puisse dire aussi de son galetas :

Ma retraite est mon Louvre & j'y commande en Roi.

Ce beau sentiment est digne du *Philosophe indigent.* *

Voici encore en cet endroit une réfléxion plus propre d'un petit Maître nouveau-marié, que d'un homme sage.

Ma femme est toute aimable, oüi, mais elle est ma femme.

Quittons Ariste, & jettons à présent les yeux sur les autres Personnages de la Piece. Mélite est d'un caractere doux & aimable, mais on la fait raisonner assez mal; par éxemple, lorsqu'elle dit Acte premier Scene VI. au sujet de la galanterie du Marquis du Lauret.

J'avois résolu de garder le silence

* Brochure nouvelle du même stile que le SPECTATEUR FRANÇOIS.

De peur de vous commettre avec lui ; mais enfin
Sa poursuite me cause un violent chagrin :
Pour la faire cesser, le moïen le plus sage
Est de lui faire part de notre Mariage.

Il me semble que ce moïen n'est pas fort sûr. Ne diroit-on pas que dès qu'une femme est mariée, personne ne lui parle plus d'amour ? Si le Marquis la recherche en mariage, outre qu'il le falloit marquer ici, c'est une proposition qu'elle étoit en pouvoir de rejetter de toute maniere, & je ne vois pas pourquoi il falloit pour cela révéler un secret, regardé comme très important. Au reste ce caractere est uni, & est le moins défectueux. Il y a pourtant une Scene où la douce Mélite est un peu aigre, & & où elle traite son Mari assez cavalierement.

La capricieuse Céliante est le Personnage qui a frapé davantage, & sans lequel on peut dire que la Piece auroit paru très froide ; mais il me semble que l'Auteur a tellement outré ce caractere, qu'il a fait de Céliante une folle à lier. Sans rappeller ici le grand nombre d'extravagances qu'elle débite dans le cours de la Piece, ce qu'elle dit à la fin du cinquiéme Acte est assûrément de la plus haute folie : Damon, que les caprices & les impertinences de sa Maîtresse auroient dû avoir rebuté, si sa passion ne l'aveugloit point, Damon lui dit en Amant humble & tendre :

Je vois que malgré-vous, vous me rendez justice.

Et la brutale Céliante, qui consent alors de l'épouser, exprime son consentement par ces gracieuses paroles, qui tiennent lieu de ce oüi fatal, d'où dépend le nœud du mariage.

Oüi, monstre, il est écrit que je t'épouserai ;
Mon penchant m'y contraint, mais je m'en vengerai.

Belle conclusion! s'écrie Finette. En effet, comment le Parterre a-t'il pû souffrir une conclusion aussi absurde? *Je m'en vengerai!* On sent assez ce que ces mots veulent dire; & si Damon ne les comprend pas, il faut qu'il soit d'une imbécilité sans exemple ; s'il les comprend, il n'a pas le sens commun, de vouloir épouser une Fille qui avant la nôce lui dit en face ; je vous épouse, mais quand nous serons mariez je m'en vengerai, c'est-à-dire je vous ferai C. La promesse est engageante ; cependant ce trait hardi fait rire, parce qu'il surprend, & qu'il est bisarre ; mais un peu de réfléxion étouffe le ris, & fait paroître le trait insensé & pitoïable.

Je trouve le caractere de Celiante un composé vague de toutes sortes de caracteres. On ne sçauroit la définir. Elle est indiscrete

indiscrete sans motif, envieuse sans fondement, brutale sans pudeur, insolente, hautaine, inquiéte, orgüeilleuse, téméraire, effrontée, & sur tout d'une coquetterie, dont nous n'avons point encore vu d'éxemple sur le Théatre François. Loin de rougir de ce dernier caractere, elle en fait l'Apologie, elle en triomphe & ose prétendre que toutes les Femmes lui ressemblent. Les Dames, avec une bonté extrême, ont souffert patiemment cette injure :

Quoi ! peut-on être Femme, & ne pas vouloir plaire ?
Toute Femme est coquette, ou par rafinement,
Ou par ambition, ou par tempérament.

Céliante se conforme à merveille à cette belle maxime, car lorsque Finette lui dit d'un air effronté, Acte II. Scene premiere.

Voilà l'essentiel. Qu'importe qu'un Mari
Soit fat, s'il vous permet d'avoir un Favori ?

Céliante lui repond :

Mais au fond tu dis vrai. . .

Belle réponse dans la bouche d'une Fille! Damon son Amant la connoît apparemment trop bien, pour la traiter avec respect, & pour mesurer ses paroles en sa présence : il ose lui parler d'un *combat de nuit*, & la liberté de ce langage, loin de blesser Céliante, l'appaise tout d'un coup;

& même la fait sourire. Quelle espece de Fille est-ce donc là ? Peut-on supposer que Damon, qui la connoît si bien, ose risquer de l'épouser ?

Que dirons-nous du Marquis du Lauret ? L'Auteur le donne pour un fin Courtisan ; pour moi je le trouve un homme grossier & sot. Un Courtisan poli a-t'il jamais dit, au sujet du beau Sexe, ces paroles brutales & inconsiderées ?

Une Femme constante est un monstre nouveau.

Un monstre ! Quelle expression ! Mais il faut voir le Marquis à la IIIme Scene du IIIme Acte ; c'est là qu'il joüe le plus sot Personnage qu'on puisse imaginer : la Scene est pourtant vive & agréable : mais comment ce fin Marquis ne s'apperçoit-il pas tout d'un coup qu'Ariste est son Rival ? Cela saute aux yeux. J'admire son ingénuité dans l'exposition qu'il fait de ses démarches amoureuses auprès de Mélite ; aussi dit-il :

Eh bien, vous allez voir mon ingenuité.

On la voit, mais on voit en même temps sa bêtise. Après avoir fait mille aveux mortifians pour son amour propre, en présence d'Ariste, il finit par lui demander :

Ariste, est-ce pour vous que je suis maltraité ?

Belle demande ! Cela eſt clair comme le jour. Il devoit bien au moins s'en douter. Mais s'il s'en doutoit, quelle ſottiſe de prendre ſon Rival pour ſon confident, & de lui fournir lui-même la matiere de ſon triomphe ! Il paroît s'en apercevoir un peu trop tard, puiſque ce n'eſt qu'au commencement de la Scene ſuivante, qu'il dit à Mélite :

Il eſt ſûr de ſon fait, & lit dans votre cœur.
. . . . A parler franchement
Un ami de la ſorte a bien l'air d'un Amant.
A ce diſcours, enfin, j'ai lieu de préſumer,
Qu'il eſt l'heureux mortel qui vous a ſçû charmer.

Croiroit-on qu'un pareil imbécille fut capable de la plus belle action du monde ? De plus, c'eſt un homme de Cour ; mais dans ce païs-là ſe pique-t'on de généroſité & de liberalité, ſur tout aujourdhui ? Quoiqu'il en ſoit, on ne s'attendoit point du tout au trait héroïque, qui cauſe le dénouëment de la Piece, & qui fait du Marquis du Lauret un grand homme, tel qu'on n'en a point vû depuis le Chevalier Baïard. Si vous cherchez un Philoſophe dans la Piece, c'eſt lui, c'eſt lui ſeul, mais ſeulement à la fin de la Piece, car juſques là, il a joüé le rôle d'un ſot.

Je ne trouve rien à redire dans le Perſonnage de Lisimon, Pere d'Ariste : il est selon les regles de la bienséance. Le Financier Geronte, Frere de Lisimon, offre un caractere original & très naturel. On lui fait dire bien des impertinences, qui conviennent à son caractere. Mais pourquoi le supposer né Gentilhomme ? En ce cas il a dû avoir plus d'éducation, & faire un peu plus de cas de l'honneur & de la vertu.

Ces paroles qu'il dit, *Appüiez mon Neveu*, sont un langage bien bas, mais qui n'égale point encore la bassesse de ses sentimens. Mais si un Financier Gentilhomme est tel, que doit-on conclure ?

J'ai déja fait sentir ce que je pensois du caractere de Damon ; en un sens, il est très aimable ; son courage & sa patience ont quelque chose qui étonne, mais je ne lui trouve point assez d'amour pour autoriser sa perseverance. Il faut assûrément que cet amour soit bien vif. Damon néanmoins ne l'exprime que foiblement. Il me semble que l'Auteur auroit dû le faire paroître excessivement passionné ; cependant il le peint comme un homme sage, moderé, & maître de ses passions, & il semble qu'un esprit aussi raisonnable devoit avoir un souverain mépris pour Céliante, qui est folle au suprême degré. Il est vrai qu'avec cette raiſon & cet eſprit bien fait, que l'Auteur lui a donné, il vient à bout de tourner Céliante comme il veut, & de la gouverner, malgré ſes caprices.

Il falloit être moi, pour avoir le courage
De dompter votre cœur par un conſtant hommage.

Quoiqu'il en ſoit, il réſulte que Damon eſt en même temps très-ſage & très-fou : c'eſt donc un caractere équivoque & défectueux.

Il ne me reſte plus qu'à parler de Finette, Fille d'eſprit, mais qui a trop d'élévation pour une Suivante. Preſque tous les Vers de cette Piece ſont tels, qu'ils conviennent au genre comique ; c'eſt-à-dire qu'ils ſont ſimples & naturels, mais élégans : il n'y a que ceux qu'on fait dire à Finette, dans leſquels ſe trouve une force & un tour, qui me ſemblent ne point convenir à la Comédie, & encore moins au Perſonnage qui les prononce.

Nous ſommes l'écüeil
Où viennent échoüer la ſageſſe & l'orgüeil ;
Vous ne nous oppoſez que d'impuiſſantes armes :
Vous avez la raiſon, & nous avons les charmes.
Le bruſque Philoſophe en ſes ſombres humeurs
Vainement contre nous éleve ſes clameurs ;
Ni ſon air renfrogné, ni ſes cris, ni ſes rides,
Ne peuvent le ſauver de nos yeux homicides.

Si vous ôtez l'*air renfrogné*, voilà des

Vers dignes d'un Poëme épique ; Ils sont fort beaux, je l'avoüe, mais dans la bouche d'une Soubrette, c'est une beauté déplacée, & désagréable.

J'ai dit tout ce que j'avois à dire sur *les Caracteres de la Comédie du Philosophe marié.* Malgré les observations que j'ai faites, plaise au Ciel qu'on nous donne souvent de pareilles Pieces, & que l'éxemple des prosperitez de l'Auteur perfectionne les talens, fasse éclore les beaux Ouvrages, & garantisse les Auteurs de ce funeste découragement, où les jette l'injustice de la fortune & la dureté du Siecle.

Je pourrois ajoûter quelque chose, au sujet de la conduite de la Piece, & faire voir qu'elle blesse plusieurs regles du Théatre.

Malgré le changement de la décoration, à la faveur duquel on prétend pallier un défaut énorme, il est vrai de dire que l'unité de lieu n'y est point du tout observée, & qu'il est contre la vrai semblance que le Cabinet d'Ariste, où l'on établit positivement & précisément la Scene, dès le commencement, soit le lieu où se passe le reste de l'action. C'est dans ce Cabinet que Céliante maltraite Damon & racroche le Marquis, que les deux Sœurs se querellent, que Finette se mocque de tous les autres, que Geronte s'emporte, &c. C'est là en un mot qu'Ariste n'est point *garçon*, mais bien *marié*, quoiqu'il ait dit dans la premiere Scene du premier Acte :

Ici, je suis garçon ; là, je suis marié.

Ce Vers marque epxressément que la Scene est dans le Cabinet, à moins qu'on ne dise que la Scene est *ici* & *là*.

Si je voulois entrer dans un plus long détail, je ferois voir encore qu'il est impossible qu'une action aussi composée ait pû se passer en vingt-quatre heures ; mais je crois que cette Piece péchant principalement par les Caracteres (ce qui est un défaut impardonnable dans les Comédies,) il suffit d'avoir clairement exposé ces défauts, & d'avoir démontré ce que je prétendois.

Quoique l'Auteur ait fait entendre, par sa petite Comédie de l'ENVIEUX, qu'il regardoit, comme des Envieux & des Jaloux, tous ceux qui critiquoient sa Piece, je puis assûrer qu'un motif aussi bas & aussi indigne ne m'a point fait écrire ces observations. Personne n'est plus satisfait que moi des succès d'autrui ; & j'avoüë ici, sans scrupule, que puisque LE PHILOSOPHE MARIE' a plû sur le Théatre & a charmé la Cour & la Ville, il faut qu'il ait un certain mérite apparent. Le talent des Acteurs peut faire illusion : mais on sçait par experience, qu'ils n'ont pas celui de faire valoir les Pieces absolument mauvaises ; car si cela étoit, toutes les Pieces qu'ils joüent, réussiroient. Cependant l'ENVIEUX, petite Piece nouvelle du même Auteur, qu'ils viennent de joüer pour sa gloire avec beaucoup d'art, a été sifflée de ce même Public qui a admiré LE PHILOSOPHE : ce qui a donné lieu à l'Epigramme suivante.

L'Envieux & le Philosophe
Ne sont pas de la même étoffe :
Ils different entre eux de plus de la moitié.
Ah ! pour l'Auteur, quelle folie !
Son Philosophe a fait envie,
Et son Envieux fait pitié.

FIN.

APPROBATION.

J'Ai lû par Ordre de Monseigneur le Garde des Sceaux un Manuscrit intitulé : *les Caracteres de la Comédie du Philosophe marié.* A PARIS, ce 6. May 1727.

LANCELOT.

PERMISSION DU ROY.

LOUIS, PAR LA GRACE DE DIEU, Roy de France & de Navarre : à nos Amez & Féaux Conseillers, les Gens tenans nos Cours de Parlement, Maîtres des Requêtes ordinaires de nôtre Hôtel, Grand-Conseil, Prevôt de Paris, Baillifs, Sénéchaux, leurs Lieutenans Civils, & autres nos Justiciers qu'il appartiendra, SALUT. Nôtre bien amé HUGUES-DANIEL CHAUBERT, Libraire à Paris, Nous aïant fait supplier de lui accorder nos Lettres de Permission pour l'impression d'un Manuscrit qui a pour titre : *Les Caracteres de la Comédie du Philosophe marié*, offrant pour cet effet de le faire imprimer en bon Papier & en beaux Caracteres, suivant la feüille imprimée & attachée pour modele sous le contre-scel des Présentes : Nous lui avons permis & permettons par ces Présentes de faire imprimer ledit Livre en un ou plusieurs volumes, conjointement ou séparément, & autant de fois que bon lui semblera, sur Papier & caracteres conformes à ladite feüille imprimée & attachée sous notredit contre-scel, & de le vendre, faire vendre & débiter par tout nôtre Roïaume, pendant le temps de trois années consécutives, à compter du jour & datte desdites Présentes : Faisons défenses à tous Imprimeurs, Libraires & autres personnes, de quelque qualité & condition qu'elles soient d'en introduire d'impression étrangere dans aucun lieu de notre obéïssance : à la charge que ces Présentes seront enregîtrées tout au long sur le Regître de la Communauté des Imprimeurs & Libraires de Paris, dans trois mois de la datte d'icelles ; que l'impression de cet Ouvrage sera faite dans nôtre Roïaume, & non ailleurs, & que l'Impétrant se conformera en tout aux Reglemens de la Librairie, & notament à celui du 10. Avril 1725. & qu'avant de l'exposer en vente, le Manuscrit ou Imprimé qui aura servi de Copie à l'impression dudit Livre, sera remis dans le même état où l'Approbation y aura été donnée, ès mains de nôtre très-cher & féal Chevalier, Garde des Sceaux de France, le Sieur FLEURIAU D'ARMENONVILLE, Commandeur de nos Ordres : & qu'il en sera ensuite remis deux Exemplaires dans nôtre Bibliotheque publique, un dans celle de nôtre Château du Louvre, & un dans celle de nôtre très-cher & féal Chevalier, Garde des Sceaux de France, le Sieur FLEURIAU D'ARMENONVILLE, Commandeur de nos Ordres, le tout à peine de nullité des Présentes, du contenu desquelles vous mandons & enjoignons de faire joüir l'Exposant ou ses aïans cause, pleinement & paisiblement, sans souffrir qu'il leur soit fait aucun trouble ou empêchement. Voulons qu'à la Copie desdites Présentes, qui sera imprimée tout au long au commencement ou à la fin dudit Livre, foi soit ajoûtée comme à l'Original. Commandons au premier nôtre Huissier ou Sergent de faire pour l'éxécution d'icelles, tous actes requis & nécessaires, sans demander autre permission, & nonobstant clameur de Haro, Charte Normande & Lettres à ce contraires : CAR, tel est nôtre plaisir : DONNE' à Paris, le quinziéme jour du mois de May, l'an de grace mil sept censvingt-sept, & de notre Regne le douziéme.

Par le Roy en son Conseil, DE SAINT HILAIRE.

Regîtré sur le Regître VI. de la Chambre Royale des Imprimeurs & Libraires de Paris, N°. 647. Folio 520. conformément aux anciens Reglemens, confirmés par celui du 28. Fevrier 1723. A Paris le 16. May 1727.

BRUNET, Syndic.

www.ingramcontent.com/pod-product-compliance
Ingram Content Group UK Ltd.
Pitfield, Milton Keynes, MK11 3LW, UK
UKHW020530230726
13925UKWH00005B/2268

9 782014 048315